L'ORPHELIN

POLONAIS,

A LA FRANCE;

Par Danne et Gruel.

Vous, dont le bras terrible épouvanta la terre,
Souffrirez-vous, Français, que la Pologne en deuil
Sous le joug odieux d'un tyran sanguinaire,
Soit réduite au cercueil?

Prix : 1 fr. 25 cent.

Paris.

CHEZ Md. VIMONT, GALERIE VÉRO-DODAT.

1832.

L'ORPHELIN

POLONAIS,

A la France.

IMPRIMERIE DE BÉTHUNE,
RUE PALATINE, N° 5.

L'ORPHELIN POLONAIS,

A LA FRANCE;

Par Danne et Gruel.

Vous, dont le bras terrible épouvanta la terre,
Souffrirez-vous, Français, que la Pologne en deuil
Sous le joug odieux d'un tyran sanguinaire,
Soit réduite au cercueil?

Prix : 1 FR. 25 CENT.

Paris,

CHEZ M. VIMONT, GALERIE VÉRO-DODAT.

1832.

AVANT-PROPOS.

Portés sur les ailes du génie, jadis les Boileau, les Racine, les Corneille et tant d'autres sublimes poètes surent faire l'admiration de l'Europe, et leurs noms retentiront sans cesse sur ce sol fécond en grands hommes ; notre but, en tentant la carrière qu'ils ont si noblement comblée, n'est pas de prétendre à leurs immortels lauriers. tant d'honneur nous paraît interdit ; notre but n'est donc que de chercher à alléger le poids des maux qui pèsent sur les hommes, en leur faisant entrevoir la cause de leurs malheurs, et tâchant de leur indiquer les moyens d'améliorer leur sort.

Nous commençons notre œuvre poétique par déplorer les malheurs de cette Pologne valeureuse, patrie de nos vieux frères d'armes, qui ont si courageusement versé leur sang pour la cause sacrée de la liberté. Toute âme douée de sentiments vraiment humains peut-elle

refuser des larmes à leur infortune? Peut-elle empê-
cher tout le poids de son indignation de se porter sur
leur vil oppresseur? Les larmes que la France a répan-
dues nous attestent que, comme nous, tout vrai Français blâme l'indifférence d'une diplomatie qui pouvait
tirer cette nation du précipice dans lequel elle est
enfin tombée. Pour nous, c'est en versant des pleurs
que nous avons composé l'Orphelin Polonais ; dicté par
le sentiment, nous osons croire qu'il touchera vos
cœurs, ô Français! et fera naître en vous le désir de
relever la Pologne abattue.

Nos lecteurs voudront bien se rappeler qu'on ne leur
met pas aujourd'hui un chef-d'œuvre sous les yeux,
mais le simple début de deux jeunes Français, dont
l'unique sentiment est : bonheur a l'humanité.

L'ORPHELIN POLONAIS,

A la France.

————

HUMANITÉ, pour nous montre-toi tutélaire,
Un Dieu dicte à nos cœurs de salutaires chants :
Et ce Dieu de lumière
Est l'éternel appui de ses divins enfants.

Cette divinité veut la paix bienfaisante,
Qui, lasse des horreurs que commettent les Rois,
De sa douce voix chante :
Peuples, plus de combats ; écoutez tous ma voix.

Terribles fils de Mars, déposez vos tonnerres,
Le sang a trop long-temps inondé les sillons ;
Plus d'armes meurtrières,
Pour mutiler encor de nouveaux bataillons.

Favoris d'Apollon, sur un ton pacifique,
Célébrez les douceurs d'une agréable paix,
Et qu'un nouveau cantique,
Dicté par votre muse, exalte ses bienfaits.

O paix ! nous entendons ta voix qui nous appelle ;
Nous sommes tes enfants, et bientôt tu verras
Notre muse fidèle,
Dans nos chants détester les horreurs des combats.

Oui, nous voulons la paix et nous chantons les armes;
Viens toi-même inspirer nos lugubres accents ;
Car la Pologne en larmes
Doit trouver avant tout une place en nos chants.

Levez-vous, Polonais dévorés par la bombe,
Venez tous écouter l'Orphelin malheureux ;
Mais non, que votre tombe
Rejette loin de vous ses accents douloureux.

C'est en vous, ô Français, que l'Orphelin espère ;
Seuls, vous pouvez encore alléger ses douleurs.
Hélas ! c'est votre frère ;
Il vous parle en nos chants ; écoutez ses malheurs.

Salut, pays charmant; salut, auguste France,
Berceau de la valeur et de l'indépendance;
Salut, trône illustré par les mâles vertus
Du grand Napoléon, moderne Romulus;
Salut, ô beau soleil du drapeau tricolore,
Qui fécondes ce sol qu'un malheureux implore;
Vous tous, Français, salut; et prêtez votre appui
Au fils d'un Polonais plus à plaindre que lui,
Oui, Français, le malheur qui flétrit mon jeune âge,
Et plonge mon pays dans un dur esclavage,
Est mille fois plus grand, déchire plus le cœur
Que le sort d'un héros tombant au champ d'honneur.

Si le flambeau divin de sa vieillesse altière
S'est éteint sous l'éclat de sa noble bannière;
Si, secouant le joug de l'infâme étranger,
Il brava des combats l'horreur et le danger;
S'il est mort aux tyrans disputant la victoire,
Mon père est au tombeau tout rayonnant de gloire;
Désormais affranchi d'un cruel traitement,
Rien ne peut le troubler au sombre monument.
Ses yeux ne verront plus la liberté flétrie,
Et moi je vois encor les maux de la patrie;
Il n'a pas à pleurer la perte d'un enfant,
Et moi je pleure un père en ce fatal instant;
Un père, que l'honneur, la vertu, la vaillance,

Avaient armé d'un fer pour notre indépendance;
Effroi de nos tyrans, le trait part de son bras,
Et porte à l'ennemi la crainte et le trépas;
En héros polonais, il ne voit que la gloire;
Il tombe, et son nom vole au temple de mémoire;
Tel jadis succomba sous les murs d'Ilion
Le preux fils de Thétis, intrépide lion.
O cruel avenir qui m'accable et me tue!
Quel abîme de maux vient s'offrir à ma vue!
Oui, quand ce globe en feu réjouit l'univers,
Moi, triste, je languis, et pleure nos revers.

Furieux du trépas de mon malheureux père,
Qui me crie, en tombant, que ton ardeur guerrière,
En ce jour, ô mon fils, venge ma belle mort,
Ou songe désormais quel doit être ton tort.
Vaincu, vois ce Néron, avide de carnage,
Se porter aux excès d'une cruelle rage;
Vois ta patrie en feu, vois ses champs dévastés,
Vois tous nos citoyens bannis de nos cités.
Il dit; la mort le frappe, et son âme en furie
Plaint encore, en fuyant, la Pologne flétrie.
Pourquoi d'un coup semblable, ô destin rigoureux!
Ne pas trancher le fil de mes jours malheureux?
Pourquoi me condamner à d'éternelles larmes?
Ai-je irrité le ciel, me couvrant de mes armes?

Et bien, suspends tes coups : je vais dans les combats,
Sur ces vils assassins appesantir mon bras.
O mon père, des cieux voyez briller ma lance ;
Voyez, pour vous venger, votre fils qui s'élance
Au fort de la mêlée, au sein des bataillons
Qui tiennent tête encore à ces cruels lions.
De toutes parts, en vain, tonne l'airain funeste,
Nous bravons les périls, pleins d'une ardeur céleste ;
Nous jurons d'affranchir, dans ce jour malheureux,
Nos femmes, nos enfants, d'un despotisme affreux.
Comme un loup affamé, dans une bergerie,
Pour assouvir sa faim, fait une boucherie,
Tremble dès qu'un pasteur, et robuste et nerveux,
Semble le menacer de son bras vigoureux ;
Il sent que sa fureur, qui s'éteint et se glace,
Ne pourra le soustraire au sort qui le menace ;
Il veut fuir, mais le plomb dans sa fuite l'atteint ;
Il tombe, et de son sang le voisinage est teint.
Tels les Russes fuyaient nos armes invincibles.

Honteusement défaits, ces monstres insensibles
Ne laissaient derrière eux que des monceaux de morts,
Dont les mânes sanglants fuyaient aux sombres bords.
Pour nous, croyant cueillir les palmes de la gloire,
Déjà nous entonnions l'hymne de la victoire ;
Mais soudain Alecton, leur versant ses fureurs,
Les ramène au combat ; et ces profanateurs

Jurent d'anéantir les murs de Varsovie,
Et d'unir la Pologne aux champs de Moscovie.
C'est ainsi que jadis, renversés de leurs chars,
Les Atrides fuyaient de tes sacrés remparts,
Noble tombeau d'Hector, invincible Pergame,
Repoussés par tes fils, que Tisiphone enflamme,
Quand, aux cris menaçans de Patrocle irrité,
La honte ranima leur intrépidité.

Tout s'émeut, le tube tonne ;
Le plomb mortel est lancé ;
Des traits sanglants de Bellone
Plus d'un brave est renversé ;
Pour affranchir la patrie
De l'infâme barbarie
D'un insolent étranger,
Nos preux guerriers qu'on renomme,
Rivaux de Sparte et de Rome,
Bravent l'horreur du danger.

La voix de Mars nous anime
Et fait entendre ces mots :
Polonais, noyez le crime
Dans le sang de vos bourreaux.
Soudain nous creusons la tombe
Où le Russe frappé tombe,

Pleurant son funeste sort ;
Partout gronde notre foudre,
Qui tue et réduit en poudre
Ces lâches brigands du Nord.

Au plus fort de la bataille,
L'écho retentit de cris,
Et la brûlante mitraille
Dévore les deux partis :
Mais le Polonais s'avance,
Criant mort, criant vengeance
A ces soldats furieux ;
Des tourbillons de fumée,
S'élevant de notre armée,
Voilent le ciel à leurs yeux.

Du bruit confus de nos armes,
L'Europe entière frémit ;
Le Russe, en proie aux alarmes,
Devant nous reste interdit ;
Et la Vistule, étonnée,
De sa troupe forcenée
Voit les bataillons épars
Qui, dans leur crainte profonde,
Précipitent dans son onde
Leurs ignobles étendards.

Tout nous cède; la victoire,
Après d'horribles combats,
Vient, des palmes de la gloire,
Ceindre le front des soldats.
Plus de foudre vengeresse,
De nos concerts d'allégresse;
Retentissent les échos.
Mais, ô moment déplorable!
Une rage inexorable
Ressuscite nos bourreaux.

Comme le lion terrible,
Atteint du plomb destructeur,
Dans son courage invincible
Dévore l'ardent chasseur;
Telle, dans sa rage affreuse,
La Russie audacieuse
Lance de nouveaux soldats,
Dont la fureur léthifère,
A la Pologne guerrière
Vient apporter le trépas.

Nos guerriers, avec courage,
Armés de glaives vengeurs,
Combattent sur le rivage
Ces barbares oppresseurs;
Mais de sa bouche enflammée

Le bronze, sur leur armée,
Vomit d'inutiles feux :
Car cette hydre épouvantable,
Dans sa marche fière accable
Nos défenseurs valeureux.

La Pologne ensanglantée,
En ce moment douloureux,
Sur tous les points agitée,
N'offre qu'un aspect affreux;
Plus d'espoir, plus de retraite,
Et Varsovie inquiète,
Sous son rempart redouté,
Voit le Polonais fidèle
Mourant, défendre avec zèle
Son auguste liberté.

Quel trouble! quelle horreur! la force et le courage,
Dans le cœur de nos preux ont fait place à la rage ;
Un désordre bruyant règne de tous côtés,
Et nos braves soutiens, par l'ardeur emportés,
Au moment où la Parque à les frapper s'apprête,
S'élancent furieux, Némésis à leur tête ;
Et dans leur fureur,
Au Russe vainqueur,
Ils disputent encore
Le drapeau tricolore.

Animés par le son des cors et des tambours,
    Guidés par l'espérance
    Qu'ils ont dans le secours
    De cette belle France,
    Nos défenseurs indomptés
    Tiennent encore arrêtés
    Ces despotes sanguinaires
Qui, sous un joug impur, ont enchaîné vos frères.
Mais, quels que soient enfin leurs généreux efforts,
Nos guerriers mutilés descendent chez les morts.
    Aussitôt cent cohortes
    S'avancent de nos portes,
    Qui, sans l'appui de nos bras,
    Bientôt volent en éclats.
    Tout alors dans Varsovie
    Devant soi voit son tombeau;
    La liberté poursuivie
    S'enfuit avec son flambeau.
Le cosaque soudain, dans sa fureur extrê
    Dans sa férocité,
Se livre à tant d'horreurs, qu'il s'étonne lui-m.
    De tant de cruauté.
Des femmes, des vieillards, de l'aimable innocence,
    Le sang coule à longs flots,
    Et leurs faibles sanglots
N'arrêtent pas la main que guide la vengeance.
De mes yeux, oui, Français, j'ai vu... le croiriez-vous ?

J'ai vu... je tremble encore à ce récit funeste ;
(Que ne m'ont-ils aussi terrassé sous leurs coups ,
Ces monstres furieux que l'Olympe déteste),
J'ai vu renouveler sous un nouveau Pyrrhus

    Le massacre de Troie ,

    Où les fils de Dardanus ,

    De l'Argien furent la proie.

    Tels dans ce jour malheureux ,

    Sous un honteux esclavage

    Nos citoyens de tout âge

    Courbent un front belliqueux.

Le Polonais, frappé d'une fatale lance,
Sur ses genoux se lève , et se faisant effort ,
Jette un dernier regard sur les rives de France,

    Lui reprochant sa mort.

    Insensible ministère ,

    Toi, qui causes le malheur

    De cette patrie entière,

    Entends son cri de douleur :

Quoi ! la France aujourd'hui lâchement m'abandonne,

    Et l'humanité raisonne

    Dans le sein de ses héros.

Saisis, ô preux Français ! ton armure terrible ;

    Viens ; de ton bras invincible,

    Me venger sur des tombeaux.

Notre espoir, ô Français! reposant sur vos armes,
Se soutenait encore au milieu des alarmes;
Et quand l'obus en feu dévorait nos soldats,
Nous osions croire encore au secours de vos bras;
Mais vous abandonnez ce sénat magnanime,
Ce vertueux sénat qui fit pâlir le crime,
Troublant les potentats du bruit de ses exploits;
Et vous aviez promis de soutenir nos droits.
Lorsque vous nous criez: Liberté, Varsovie,
Au joug humiliant trop long-temps asservie,
Le soleil de juillet éclaire l'univers!
Liberté, Varsovie; allons, brise tes fers!
Tout s'émut à l'instant, et la voix de la France
Fit renaître en nos cœurs une vaine espérance.

O patrie! ô tombeau de si vaillants héros!
Exilé de ton sein, où trouver le repos?
Et quoi! t'abandonner à la Russie infâme?
Ce penser seul, hélas! met le trouble en mon âme.
O mortelles douleurs! mon pays dévasté,
Pour jamais a perdu sa chère liberté.
O sol infortuné! victime de la rage
Du cruel Nicolas et d'un affreux carnage;
Victime.... Arrêtons-nous; quoi, j'allais, ô Français!
Dans ma juste douleur, me livrer aux excès;
Et pourquoi m'arrêter..... victime, ô chère France!
Des rois coalisés en impure alliance,

Tu n'es plus aujourd'hui qu'un immense tombeau,
De nos maux dévorants trop fidèle tableau.
Tout est fini pour nous; la fière Tisiphone
A conduit des brigands sur les pas de Bellone;
Oui, la Pologne expire au milieu des combats,
Mais le ciel irrité vengera son trépas.

Auguste patrie,
Trop long-temps flétrie,
De nouveaux malheurs,
D'atroces horreurs,
Terminent ta gloire,
Terminent tes jours;
Adieu pour toujours,
Berceau charmant des fils de la victoire.

Oui, je fuis loin de toi,
Car mon âme attendrie
Ne peut voir sans effroi
Les maux qui t'ont flétrie:
Je vais porter ailleurs
Mes chagrins, ma souffrance.
Je fuis.... coulez mes pleurs,
Coulez en abondance;
Car je quitte ce lieu,
Témoin de ma misère,
Et témoin de la mort de mon malheureux père;
Triste Pologne, adieu.

Adieu, mais loin de toi, patrie infortunée,
Quel cœur assez humain plaindra ma destinée ?
Quel généreux mortel pleurera mes malheurs ?
Qui viendra de sa main sécher mes justes pleurs ?
Ah ! ce sera chez vous, ô vainqueurs de la terre !
Que pourront s'adoucir mes maux et ma misère.
Oui, ce sera chez vous, magnanimes Français,
Que je savourerai les douceurs de la paix.
O douce illusion, qui me flatte et m'abuse !
Plutôt présentez-moi la tête de Méduse.

Français, vous avez vu des vastes flancs du Nord
Sortir des bataillons, ministres de la mort,
Qui, sur nous s'avançant, dans leur cruelle rage,
De nos héros ont fait un terrible carnage.
Jadis, ingrats Français, nous possédions vos cœurs
Quand, combattant pour vous, nous étions tous vain-
    queurs ;
Et dans les jours sanglants de notre apoplexie,
Vous nous abandonnez aux coups de la Russie ;
Mais non, ce n'est pas vous, ô Français généreux
Qui nous abandonnez dans ces jours malheureux.
C'est.... Grand Napoléon, si la Parque en furie
Eût respecté le fil de ton auguste vie ;
Si le ciel, un instant, te tirait du tombeau,
Terrible, on te verrait venger notre drapeau

Enfin, au souvenir de ce héros sublime,
Je me jette en tes bras, ô terre magnanime !
Prends pitié de mon sort, reçois-moi dans ton sein.
Et tout dira : la France a sauvé l'Orphelin.
O centre des beaux-arts ! ô généreuse France !
Plus magnifique encor que l'antique Bysance,
O terre des héros ! ô reine des vertus !
Où chaque citoyen est un nouveau Brutus,
Pourras-tu rejeter ma sensible prière ?
Non, de tes vrais enfants le noble caractère
Ne pourra refuser un toit hospitalier
Au jeune Polonais, fils d'un preux chevalier.

Vous l'entendez, Français, ce fils de l'infortune
Sa prière à vos cœurs serait-elle importune ?
Il attend tout de nous, de notre humanité,
Recevons-le, de grâce, avec fraternité.
Qu'au malheur exilé, la France glorieuse
Aujourd'hui tende encore une main généreuse.
Ses reproches, sans doute, offensent votre cœur ;
Mais peut-il vous parler avec moins de rigueur,
De ses frères pleurant le douloureux martyre ?
Non, non ; pardonnons-lui son trop juste délire.
Ah ! répandons des pleurs : gémissons sur le sort
De tant de malheureux victimes de la mort.
De loin nous avons vu, dans ce massacre horrible,
Ces héros déployer un courage invincible ;

Et si nous avons pu leur refuser nos bras,
Pleurons, au moins, pleurons leur glorieux trépas.

Mais vous qui survivez à ce sort déplorable,
Fuyez de vos tyrans la fureur implacable;
Venez, unissez-vous à ce pauvre Orphelin,
La France vous attend et vous ouvre son sein.